문학과지성 시인선 583

기억의 미래

이하석 시집

문학과지성사

문학과지성사에서 펴낸 이하석의 시집

투명한 속(1980)
김씨의 옆 얼굴(1984)
측백나무 울타리(1992)
금요일엔 먼데를 본다(1996)
고추잠자리(시선집, 1997)
것들(2006)
연애 간(2015)

문학과지성 시인선 583

기억의 미래

펴낸날 2023년 4월 20일

지은이 이하석
펴낸이 이광호
주간 이근혜
편집 방원경 김필균 이주이 허단 윤소진 유하은
마케팅 이가은 최지애 허황 남미리 맹정현
제작 강병석
펴낸곳 ㈜문학과지성사
등록번호 제1993-000098호
주소 04034 서울 마포구 잔다리로7길 18(서교동 377-20)
전화 02)338-7224
팩스 02)323-4180(편집) 02)338-7221(영업)
대표메일 moonji@moonji.com
저작권 문의 copyright@moonji.com
홈페이지 www.moonji.com

ISBN 978-89-320-4147-6 03810

문학과지성 시인선 583

기억의 미래

이하석

시인의 말

전반부가 삶/죽음과 관련이 있다면,
후반부는 구름의 주소록? 어쩌면 다 구름의 주소록?
나는 참 멀리 와서도 여전히 제자리에서 주소가 없느니.

2023년 봄
이하석

기억의 미래

차례

2부

3부

4부

5부

해설

1부

밝은 교신

하루에도 수백의 나비들 벌들 활주로 뜨고 내리느라 꽃의 관제탑은 쉴 틈이 없지만, 종일 밝게 펴놓은 교신들로 오늘도 단 한 건의 항공사고가 없었다.

페트병

기억의 내장內臟이 없다.

제 속 채웠던 수사修辭들
비워진 채

더 버려져 있다.

내외의 반영도 없이,
제대로, 투명하면, 시가 남아날까?

없는 안의 고집의 여지없어,
누가 북처럼 두드리기도 한다.
그러면 빈 내부에서 소리의 홍이 나온다.
그렇게, 노는 생의 장단이 맞추어지기도 하지만

결국, 다 버려진다.

어디로 가든
제 자신으로부터도 놓아지는

산문성의 저,

색즉시공色卽是空.

버려진 채로
나와 함께 남아 있을 것이라는
비극성이 있다.

갈대

허공의 수납장.
바람리里 주민들이 사는 비탈로만 쏠린다.

서로 지탱하며,
서로 가까이 밀어내며, 민감하게
함께 눕거나, 먼저 일어서는 동네 아래에
수달리도 있다.

산책길에 갈대리 주민 신청을 한 나는
비로소 갈대숲 밑바닥 훑는 물소리로
무성한 수달의 길을 복사한다.

부치지 못한 편지처럼 구겨진 게 많은
파동 신천 변 사람리의 바람 색깔은
한통속으로 스캐닝되지 않는다.

폭포의 시

큰 소리로, 너무 당당하게
쏟아져 내리며 모든 죄를
내게 흠뻑 뒤집어씌운다.

그러면서 제 무지개 띄우는 후안무치의,

저 깡패 같은 표현이 또, 좋다.

봄 현수막

문득 연둣빛으로 온몸 바꿔버린 왕버드나무. 그 뿌리는 냇물의 지향점을 갖기에 늘 목이 탔는데, 아마도, 지나는 습한 바람기에 가장 먼저 포섭당한 듯하다. 반란의 조짐이다. 간밤의 가장 큰 사건이 아닐 수 없다.

그러니까 수상한 기운은 칼의 갈대 순을 밀어 올리기에 앞서 민감한 왕버드나무의 가지부터 흔들었던 것이다. 혁명의 시작을 알리는 게다. 그 조짐으로 지난 며칠간 온갖 유언비어가 돌았고, 순찰조의 바람들은 어수선한 경계 분위기였다.

수달이 어느새 펄럭이는 물살 속에다 제 척후의 첩보를 선동하는 현수막을 매달았다.

솔방울

솔방울들은 과보호의 성장기를 지낸 게 아닐까? 그리하여 사춘기를 지나 오히려 그 반항이 거세져서 완전 거친 갑옷으로 스스로를 무장해버린 게 아닐까? 하긴 허공에 매달려 살아온 삶의 역정이니 그런 자기 트집도 필요했겠지.

그러나 차츰차츰 그 촘촘한 갑옷 속에는 언제든 제 질문들이 쉬 빠져나갈 방책만이 단단히 들어 있음을 우리는 안다. 강해 보이지만, 기실은 누구에게나 부드러운 바람기의 방책인 것이다. 그것들도 비로소 철이 든 것이리라.

그 안에 빼곡하니 이별의 날개를 단 눈이 많아서, 부스스, 서로 다투어 먼 데를 내다보는 걸 내가 조마조마하게 느끼는 까닭은 그 때문이다.

산 넘어가기

그대가 백 리를 시속 2백 킬로미터로 주파한다면, 사랑을 따지러 가는 길일 테지. 사랑은 늘 과속을 부르니까. 그런 밤에도 지리산 혼자 걸어 넘어가는 그리운 이 있네. 태백산 타박타박 걸어 넘어오는 이 있네. 도로는 산 넘는 이의 다리를 걸고 넘어지는 지도地圖의 권력을 갖지만, 세상에는 그 막무가내들을 도외시하는, 여전히 너를 향한 한 사람만의 호젓한, 숨겨진 산길이 있는 것이네. 산을 걸어서 타 넘어서 네게로 가는 길이어서 늘 곧장 질러가는 미래가 따져지는.

산 넘어가기의 성찰

산을 걸어서 넘어간다는 건 지평의 논리를 버리는 일이다. 무엇보다 지팡이를 제대로 다듬는 일부터 시작된다. 그리고 소나무 뿌리처럼 드러내놓고 얽힌 바람길을 부는 일이다.

*

산을 경계로 나뉜 동네들이 서로 당겨서 산길들이 팽팽해지는 건 당연하다. 그런 길은 오래 풀이되고 꼬이면서 호젓이 맺히는 설화 같다. 산길을 걸어서 넘어가면 그렇게 너를 여는 내가 있게 된다.

바위

바위 꼭대기에 누우면, 여전히,
하늘의 유방이 내 얼굴에 내려온다.
나는 먹고, 여문다.

우주의 수유.

바위에서 자라는 소나무는 왜 강골인가,
바위가 틈을 내주어도
소나무가 더 상처를 내서겠지.

나도 바위로 인해 쑥쑥 자란다.

우리 어머니 나를 바위에 앉혀 절하면
나는 소나무 뿌리 파고들며
신의 젖을 토했지.

나와 서로 벼랑인 말이여.

바위와 나는 꽝, 꽝,

사랑을 단아걸어서

서로 까마득히 세워질 뿐.

블루 콤마

강변 카페는 전망만 밝힌다. 안은 바깥 향한 유리창들만 쭉 신경 써서 둘러놓았다.

거기 앉아서, 나도 내다보는 자,
커피만 쓰게 받아들이는 전망.

*

유리창 밖이 더 유리하다면
내다보는 내가 도리어 들여다보이는 느낌이다.

블루 콤마의 주인도 내다보는 자에 속하지만, 자주 카페 밖으로 나가 강변 풍경이 되어서 담배를 피운다. 크게 숨을 들이쉬고 내쉬는데, 그럴 때마다 연기가 급히 그의 몸을 부풀리다가 위축시킨다. 제 생을 제대로 왜곡시킬 줄 아는 것 같다. 나도 카페의 손님들도 그 모습을 멍하니 내다본다. 하지만 결국, 서로 빤히 들여다보이는 느낌이다. 가끔 눈이 마주치면 서로 울컥해진다.

*

그보다 블루 콤마에서는 어쨌든, 강을 외면할 수 없게 되어 있다. 그러니 늘 잘 내다보지만, 그때마다 쇠백로가 제 발 담근 물속에서 물고기들을 부리로 꼭, 꼭, 집어내는 게 푸르게 보인다. 언제나 밖으로만 있는 쇠백로에게는 그게 가장 큰일이라고 우리에게 보여주는 듯하다.

조협皁莢

말라빠진 약성藥性.

달콤한 시럽을 밀봉한 채 납작하니 뒤틀린 사상의 봉투가
바람 속에 내던져져 있다.

미래의 답장은 당연히 올곧게 선 나무로 무성해진 소식이겠지만
그 시작이란 게 저렇듯 얇은 질문의 꼬투리에 불과하다니.

그럼에도 불구하고, 가시 센 모성母性으로부터 쫓겨나
바람 속에 내버려진 열매의 답서를
우체통에 편지를 넣듯이
나의 뒤뜰에 심는다.

종이컵들

버려진 것들은 늘 더 버려져, 있다.

안이 구겨진 깊이로, 나도 마실 기억조차 더 담지 않는,
목마른 채 텅 빈 추억의 저수지들.

내놓은 채여서 빗물이 담기기도 하지만,
안을 적시는 그 막말들로 저희들끼리 부대껴
무너지고, 엎질러져버린다.

구르다가, 구석 자리라도 차지하려 하지만,
어떤 공감의 자물쇠도 없고,

엎질러진 채 몸에 묻은 입술 자국들 빗물에 씻겨도
사랑의 역사歷史도 아닌 것들로
한참 더 남는다.

비닐봉지

가벼운, 잘 뜨는 존재성.

뭐든 담은 기억들을 갖지만

가슴의 외벽도 견갑골의 뼈대도 없는 것들.

구겨진 제 안엔 펴지지 않을 기억들조차
통증도 없이 부스럭거린다.

버려지거나 놓쳐진 채로 견갑골의 뼈대도 없이
미풍에도 설레며 날아다닌다.

나뭇가지에 걸린 채 펄럭이다, 더 찢어져서 조각조각 날아다니면
새들이 벌레인 줄 알고 먼저 낚아채어 바람과 함께 먹으리라.

그러면 그 거짓 허공의 무게가 새의 날개 뼈를 채우리라.

새는 그 때문에 나를 떠나서도
더는 날아오르지 못하리.

대비사

죽은 이들 묻힌 땅마다 새로 꽃밭이어서 삶과 한길 통으로 열어놓고, 말벌들 추녀 밑에 종점인 둥근 집 매달아 놓는다. 대비사 단청 대웅전이 닫집처럼 허공 꽃으로 핀다. 물봉선 씨주머니 내가 터뜨려서 길에 흩는 초가을 한낮, 그 꽃물 밴 못물이 벌집 비춰 부시게 칭얼거린다.

유리 바다

청정 서해 청정
동해 윤나는
바다
가 가시처럼 반짝반짝 긇는다면

우리가 플라스틱 조각들을 섞어 버무린 때문.

그래서 곧 어두운 성찬이여.

고등어는 플라스틱 먹은 잔고기들을 들이켜고
상어는 플라스틱 과식한 고등어로 배를 채우면

대개 온몸들 미쳐서 희번덕거리리라.

유리 바다 해수욕의 참혹한 즐거움이여.
내가 회 쳐 먹은 바다의
파도가 내 몸을 찢고 나오는 퍼덕임이여.

가비야운, 나비

저 가비야운 나비
가 넘는, 바다.

섬 없는.

나비, 나비라고
석양이 가로막지 않는다.

바람보다 나비가 힘이 세다는 걸 알기 때문이다.

폭풍을 뚫느라 단련된 강철 어깨의 신비한 문신을 보라.

나비는 늘 바다가 넓지만
나비는 언제나 자신에게 바다보다 작지 않다.

마스크

민들레꽃 챙기는
빈터에
흰 마스크가 떨어져 있다.

곱지 않다고

마스크를 쓴 채 뭐든 겁이 나서 손도 대지 못하는 이가,
더 울먹하게,
그걸 치운다.

틈만 나면

틈만 나면,
찻길과 인도의 감전感電으로 피워낸
제비꽃들이 바람에 왁자지껄하다.

마스크 쓴 사람들이 묵묵히,
자신들도 모르게 그 선 밟은 채
버스를 기다린다.

그게 무에 그리 위험한지
버스보다 먼저, 기우뚱거리며
질병 관리 본부의 방역차가 달려와
또 소독제를 뿌린다.

최소 2미터 거리를 유지해주세요↑

사랑이 왜 이겨내는 것인지를 알려주는 가장 불친절한 지표.

우포늪

밤이 낮은 소리들로만 정밀하게 얽혀 짜입니다.

쌓아놓은 도서관의 책들에서
말들이 부식되어 뭇 시간들에 녹아들 듯
오래 펼쳐져 펄럭이는 늪은 새로 말문을 틉니다.

내가 부르는 소리들은 동심형으로 늪을 확장하지만,
매번 수면과 가시연잎의 틈이 더 조밀해집니다.

그 틈새로 당신이 가려 하면
오르막인 계단은 어느 틈에 어둠 속으로 더 내려가고
그 계단 위에서 과묵한 고동이 다른 낮은 길을 낼 것입니다.
벌써 그 틈새로 부대끼는 바람의 낌새가 있습니다.

물거울에 비친 별들을 제 것으로 덮는 마름과
생이가래, 개구리밥의 묵시默視들이 희붐하게 일렁입니다.

그 시선들 아래, 더 아래

무수한 것들이 서로 간間을 조밀하게 붙드는
검고, 흰, 낯선,
소리의 반짝임들 속에서

그 수런대는 고요 속에서, 도리어,
내 숨비소리가 더, 빈속의 꽉 찬 부름으로 끓어오릅니다.

송사리의 노래

천둥아 둥둥둥
징검다리 건너와라.

우레우레, 번개로
냇물 환해져라.

번개로 구운 물 챙겨 먹고
더 키가 커서

우렁우렁,
천둥의 알을 낳자.

2부

분꽃

서로 앞섶 여며주는 일로 엮이지만

여며주어서 꼭, 꼭, 더 뜯어지는
결국 원수지는 일이 사랑이어도

빈 뜰에 꽃밭 가꾸어서 꽃 피는 걸로 이웃 보는 살림이
늘 있기 마련이어서

사람들의 뜨락에 분꽃들 예쁘게 핀 까닭을 나는 안다.

민들레 골목의 시

휘도는 길의 바깥이 바다로 쏟아지는 비탈이어서 위험하다고 시멘트 담으로 가렸다.
그래도 뉘든 발뒤꿈치 들면 바다를 내다볼 수 있다.

거기 뉘엿뉘엿, 아찔하게, 빛 찬란한 파도 이랑이 붐빈다.

담장 안 쌓인 먼지에 민들레가 가까스로 뿌리 내렸다.
너무 낮고 앉은 자리라 바다를 볼 수 없어서
바람에 소식 묻느라 끊임없이 흔들린다.

그래, 그래, 먼 바다 그리듯
담 밖 절벽에 생을 걸친 꽃들과도 통화를 시도하는가보다.

그렇게 살아가는 이들의 동네가
뜻밖에도 환하게 피어 고개 쳐들고 있다.

겨울새*

앙상 숲 지나는
눈초리 흰 새들
초승달 허공 길
울며 잡아 날아가네.

—그 아래 우리도 목 놓은 채 얼어붙은 길 수척한 달빛 밟네.

어서 가자.
어디든 우리 집으로 가자.
저문 뉘든 더 길 잡아라.

북두 북두 가늠하는 기억의 미래마저
에헤후 한결 펄럭펄럭거리나니.

* 오윤의 판화(1985년 작).

개

개는 가로등 불빛을 뒤집어썼다.
밤의 그림자를 세우듯.

개는 어둠을 향해 으르렁댄다.

개는 기어이 쓰레기 분리수거장조차 뒤진다.
이 동네가 버린 어둠들이 그렇게 발각된다.

나는 피투성이로 웅크린다.
나는 어둠에서도 드러나 찢어발겨지리라.

숨어 있는 나를,
개는 비릿한 어둠인 양 노려본다.

나는 개의 목줄이 이미 풀려 있다는 것도 알고 있다.

제비꽃

웅크린 바위 피운 꽃이
악수 청하는 적의 손처럼 흔들린다.

나의 웅덩이는 어둡게 닦은 수면의 백지에
그 화해의 수결手決을 확실하게 인쇄해놓는다.

방천시장

집집마다 화분들 골목에다 내놓고, 키운다. 이 동네 주민들의 구름 생각의 가장자리인 셈이다.

홍초꽃이 깜짝, 핀다. 저를 내놓은 집의 구름의 역사를 밖으로 되지피듯이 붉다. 그게, 너무 밝으면 궁금한 색이다. 때로 고추꽃이 저를 키우는 집 안의 어둠을 닦는 전구처럼 바깥으로만 희다. 수줍고 눈부시게 밝히는 바람의 표정들이다.

그리고 불쑥, 불쑥, 피어나 다리를 거는 꽃,
꽃 핀 지 오래되면 영수증이 되어 펄럭거리는 것들 사이에서.

이 골목과 함께 늙은 노인들의 들쭉날쭉한 시간들도 계속 바깥으로 봉오리를 맺는다, 다른 꽃들에 걸려 넘어지지 않으려 조심하면서. 그, 서로 내놓은 흐린 날의 꽃시계들로 맞추어지는 시절이 점점 더 줄어든다.

당연히, 시장이라 해도 이런 것들까지 내놓고 팔진 않는다.

문학관

죽은 문인들의 집.

산 자들이 주춤주춤 짚어 내려가야 할 계단으로 이어
져 있다.

늘 환히 불 켜놓은 헌 종이 창고에 이르기도 한다.

말더듬이의 혀의 구조를 본떠서 구성되었다.

끊임없이 뒤적여지는 조울의 행간行間들이 촘촘하다.

살아 있어서 죽은 시인을 더 갉는다면
그렇게 엮인 우리는 부르는 척, 접는 척,
서로 상처로 익힌 낯을 다린다.

숟가락

숟가락들은
떠먹을 기억들로 디자인되어
오목하게 들어간 채
목이 구부러져 있다.

그냥 놓여 있으면
그 안에 허공이 담기는 구조다.

그 뜨신 허공을
입안으로 가져가는 이도 있다.
한 숟갈의 포만과 배고픔이
우주의 체중을 조절하기도 한다.

처형 앞두고 마지막 주먹밥 받던 손은
어떤 숟가락으로 그 목이 구부러졌던가?

그래, 한 숟갈의 포만과 배고픔이
우주의 체중을 거들기도 한다.

그래서,

환자에게 한 숟갈이라도 더 떠먹이는

저 간호사의 분노와 연민으로

디자인되는 것이기도 하다.

해안

감정도 없이 철골만 내장內藏한
시멘트 구조물.
바위 위에 엄격하게만 놓인

전망대.

뭍과 바다로 맞구멍이 뚫린 시선들을
촘촘히 거르는 초소.

밤엔 바다로만 가늘게 그물의 눈길이 나간다.
시선의 사각지대인 초소 옆으로는
책임감이 강한 철책이 나 있어서
굳은 바다와 무른 땅을 구획 짓는다.

낮에는 누구에게나 개방되는 곳.
바위 그늘 아래,
사람들이 마시고 버린 맥주 깡통들이 널브러져 있다.
그것들은 밤이면 여전히 시끌벅적한 바람의 집이 되어
비非군사적 소리를 낸다.

그 소리에 휩쓸리지 않으려 애쓰는
초병의 뒷모습이 방한복으로만 지펴져 있다.
총 멘 어깨 너머로
어떤 분단으로도 찢어질 수 없는
밤바다 파도의 달력이 꽤 구겨져 있다.

빨간 건물

아이가 튀는 공을 따라 빨간 건물 뒤로 들어가버렸다.

빨간 건물 뒤는 광장일까, 모진 벼랑일까?
아이는 나오지 않는다.

아직도 아이는 나오지 않는다.
아직도 나오지 않는다.
아직도 나오지 않는다.
하얀 티를 입고 있었지.

오후 두 시쯤 자전거 탄 여자가
빨간 건물 뒤에서 나온다. 흰 티를 입고 있다.
여자는 뒤를 돌아보지 않는다. 서둘러 페달을 밟는다.
다만, 건물 뒤에서 어깨를 내민 나무의
푸르름이 냉정해져 있다.

빨간 건물 뒤는 세계일까?
사방으로 무엇이 무지해서 또는 환해서
놓친 공들만이 휘둥그레 설레고 있을까?

여기, 흰 티를 입은 날씨는 화창하고,

빨간 건물 뒤에서 아이들의 비명 소리가 들린다.

‘마주 보고 있는 사슴’*에게 질문하다

마주 보는 건, 그냥,
한결 서로 보는 것일까?

사슴의 눈으로 서로 보는 건
풀 길 없는 매듭 때문일까?

뿔을 세운 채 서로 보는,
여전히, 저런, 통성명이 필요할까?

—어쨌든 다들 서로, 더, 보고 싶지 않을까?

수천 년 동안의 저 마주 봄은
아직도 서로 질문만 보는/보여주는

우리의, 지나친, 대답일까?

* 울산 천전리 각석刻石의 사슴 그림.

푸른 문
—문인수 형에게

손 떨며 감옥의 말 번역하던 면전의 질문이여.
그대 죽음은 이른 답장의 추신.

푸르게 벽을 도배하는 상엿소리.*

이제는 불멸로
절경 아니라 사람의 숲 나오는 오솔길로
여울지며, 서로 빌려서
갚는 시름으로 계산한다.

기실 우리는 여전히 서로 발아한다.
부르는 노래가 방파제를 넘는다.

말 지피는 마음의 깜깜한 짐승**이
서로 울부짖어 흐르기 시작하면 그 여울에 사랑의
손을 씻어 덧날까, 나을까?

그대 불러 우리는 무한의 소주잔을 나눌 뿐.
서로 견딜 취기인데

그대 먼저 손 열어

푸른 문을 닫는가?

* 그는 술자리서 곧잘 상엿소리를 냈다.

** 그의 시 「대숲」(『배꼽』, 창비, 2008)의 한 구절.

3부

가창댐* 아래서

길이 들면 새들 울음으로 찢어대는
숲의 초입에
칼국숫집이 저녁을 환하게 밝힌다.

면발 휘저으며, 우리는 비탈에 모인 산양들처럼
모처럼 안부 묻기로 소란해진다.
바깥의, 물소리가 방해할 뿐.

오래전, 처형의 일기를 써 내렸던 물.

나가보니 그 물소리로 삭은 기억의 숲이 어둠을 짓뭉개고 있다.

다시 들어와 국수를 들면서, 저마다 뿔들 주억대며,
자신들의 안安과 부否를 후루룩거리는 소리들을 듣는다.

오랜만에 맞춘 저녁이나마 짐짓 새로 간 보듯이.

* 1950년 여름, 대구 가창골에서 민간인 대량 학살이 이루어졌다. 이후 이 골짜기는 댐으로 수장됐다.

가창댐

밀봉된, 물.

수문이 침묵 끝에 꺼내놓는 물의 편지가,
하류, 마른 가슴들의 저수지를 설레게 한다.

그 수심水深을 다시 봉인하는
수면의 살얼음.

구절초

제 누울 구덩이 파는 일은 총구의 외진 시선 앞.

함께 판 너도 그중 하나. 총살로
함께, 묻혀버렸지.

그게 마지막 지점이 될 수 없기에,

맨땅의, 그
밀봉된 자리 뚫고 나와

대지 모신의 둥지에서, 새로이 호명되는
탁란들 깨어난다고 피어, 흔드는,

흰 피켓들.

파문

지우는 파도로 개펄처럼
남기는 파문의
각인刻印.

가창댐의 광덕사 범종이
그렇게 내 눈을 달랜다.
저녁 일곱 시의 대나무와 소나무, 아카시아 숲의
어슴푸레한 흐느낌.

나도 연필심心 뾰족하게 울음 길을 긋는다.

내가 긋는 소리의 여음은
서른세 번의 타종으로
댐 밑바닥의 핏자국을 게워 올려
내 목 어디쯤 가르릉댄다.

처형된 아비들 새삼 일깨워
산 잎들 무성히 파도치는 숲의 응시.

밤 문 우련하게 열어젖힌다.

범종 소리의 밀물과 썰물이

핥는 개펄의 역사.

제비꽃 역사

처형의 구덩이로 끌려 들어가면서 거부하는 그의 손아귀가
안간힘으로 움켜쥐었던 풀, 그 씨앗들이 함께 묻혀서

흙 속에 그의 씨가 숨겨졌고,
그건 나의 지금으로 피어난다.

봄이 그걸 밝힌다.

이 당연한 역사가
제 화사한 응시의 그늘을 드리운다.

파르스름 구름이 천둥을 떠올리는 시간,
하찮은 풀씨일지라도
핏물 스며든 흙이
기도처럼
겨울난 표정을 지어낸 것으로

봄은 밝히고 본다.

흙 헤집어 지렁이 찾는 개똥지빠귀의 귀마저 밝히는
꽃의 역사이다.

그 환한 역사로만
응시될까, 꽃이, 나도?

앞세워지다

끌려가면서-끌려가면서-끌려가면서
앞세워졌다.

국가의 호명으로
바로 대답했을 뿐인데,

영문도 모르게 엮인 길은 끌려, 곧장 대구교도소의 큰 문을 나가서
도시를 빠져나가,
골로 갔다.
그는, 앞세워졌다.

그의 길은 다만, 끌려갔다, 앞세워진 채로.
—한국의 모든 길은 끌려간 길들이어서 구불구불하다.

그의 삶은 누대의 위대한 역사를 이었지만,
그걸 앞서 또는 뒤늦게라도 끌어주지 않아서 외로웠다.

총살당한 미래조차 응하지 않을 대답이어서

도무지 말을 할 수가 없었다.

그를 부른 이들은 앞으로도 고개 내밀지 못한다.

호명 1

내 이름이 불려도
그 선 밖이, 오직 밖만으로 존재한
때가 있었다.

*

목숨이 걸린 일이어서,
그들의 목구멍 안에 누가 제 이름을 숨긴다.

호명 2
—김춘수의 「꽃」을 고치다

내가 그의 이름을 불러주기 전에는
그는 충분한 몸짓의 존재였다.

내가 그의 이름을 불러주었을 때
그는 나에게로 와서
그놈이 되었다.

내가 그의 이름을 불러준 것처럼
누가 나의 이름을 부를까 겁난다.
그에게로 가서 내가 그놈이 되기 때문이다.

우리들은 서로 그 무엇이 되고 싶진 않다.
너는 나에게 나는 너에게
고스란히 눈 뜨고 싶을 뿐이다.

서로

갈라져서야 서로 불러대면 귀가 난청이 되지만
서로의 시선들에 사뭇 틔어 있기에,
우리 사이 철조망이 자라도 바람에 비에, 서로의 숨결에 뿌리 내리지 못하고
녹슨다네.

바람아 흔들어보아라.

서로 넘나드는
번역 안 해도 되는 푸나무와 바람의 말로, 사뭇
틘 귀와 눈 서로 철조망 통하기에,

아직

우리네 사랑은 아는 도둑처럼
속지 않고 서로 훔친다네.

코리아의 시

토막 난 코리아를 꿰맨 철조망이라면
내 마음까지 그걸로 누비리라.

그렇게, 우린 서로 여미기에 바빠서
나의 노래는 그늘이 지고
바늘귀같이 뾰로통해진다.

뭐든 서로 지키자고 하는 게
더욱 짓찢어놓는 사랑이어서

철조망 흔들며,
찢긴 종이를 겹으로 붙여서
나는 시로
각각 따로 하나를 써야 한다.

자장가
—5·18 40주년에 부쳐

역사마저 사랑도
행불이어서
더 뚜렷이 차오르네.

아가야, 그때 그대로 다 큰 내 아가야,
어디에 묻혀서 썩든, 혼은 늘 집에 와서
그래, 그래, 자장자장.

세상은 시나브로 40년 전으로 역행하네.
끊임없이, 더 묻고 물은 죄 따져
국가가 죽여서 버린다면

그냥 파묻어버린 세월의
그런 죽음 더 살수록
한결 되살아나는 자장가여.

내 아가야, 그래, 그래,
우는 혼으로만 떠돌지 말고 집에 와서,
기어이, 국가보다 더 큰 어미 품에서

자장자장.

5월

나무 아래마다 지는 꽃들 받아냈던 제단들에도
신록의 바람 그늘은 푸르게만 드리워진다.
그게, 맞는 대답이다.

나도 바람의 답안지.

꽃 떨어진, 덴 자리마다, 죽음의 기억 헤적여
이미 더 삶으로 채우는,
바람의 신랄한 퀴즈.

두툼한 손*

뭐든 받아내는 떠받치는 두루 덮는 활짝 피워내는
돌과 흙과 바람인 어미의

손이여.

그 손으로 나누는 밥 뜨습네.
그 손이 북돋우는 것들 수북수북하여라.

그렇게 데워진 우리 손들 맞잡아야
세상은 더 두둑하니 생生하나니,

부신 사랑
함께, 얼쑤, 덩더쿵!

* 정하수의 그림(2018년 작).

4부

누워 있는 여자

검은빛 일렁임 속 흰색 침대. 주홍색의 여자가 누워 있다. 앨범을 펴놓지 않고 있는 건 역사歷史의 생리를 끝냈기 때문일까? 햇빛은 어디에서도 들어오지 않는데 침대 주변은 밝게 흐트러져 있고 흰빛이 머리 쪽으로 커튼처럼 쏟아져 내린다. 화장이 지워져 여자의 몸은 투명해 보인다. 다만 몸의 여기저기에는 붉은색들이 묻어 있다. 누가 몰래 손으로 눈으로 확인한 부분들. 그녀가 가끔 긁는 곳. 심하게 긁은 자국들은 푸르게 도드라져 있다.

불탄 뒤

서까래/못/꽃

서까래는 놓여난 화염에 휩쓸리다 빠져나와 나무의 기억으로 있는 걸까? 거기 박힌 못은 대가리가 구부러진 채 시커멓게 탔어도, 여전히, 제가 고정하고 있는 세계가 삐걱대지 못하게 붙들고 있는 걸까? 그리고, 불에 탄 뒤 꽃은 검게 그을린 빨강으로. 더욱더, 검게 탄 서까래가 버리지 못한 것처럼 못 박혀 있는 걸까?

접시

화마 속에서 나온 접시는 원래 불 속에서 역사歷史를 이룬 존재 아닌가? 시커멓게 탄 서까래 위에 얹어놓으니 그새 말갛게 물이 고여 있다. 간밤 비가 다녀가셨나 보다. 사랑이 불을 냈다면 비는 어떤 연민이 뿜은 물일까?

금붕어*

갇혀 산다면 여유로 단장한 채 지그재그로 유영한다. 동쪽으로 흐르다가 갑자기 남쪽으로 틀며 출가외인出嫁外人의 생각을 가른다. 내부인의 그림자 어른대는 게 성가셔 방향을 바꾸지만, 먹이가 뿌려지면 잽싸게, 흐린 물속 숨어 있던 다른 금붕어들까지 화려한 몸들 번쩍이며 나타난다. 보여주기 위해 존재하는 듯하지만, 우아하게 수초 사이에서 숨바꼭질하기를 좋아하는 색신色身들. 꼬리에는 바람난 파도의 기억이 늘 가볍게 팔랑거린다.

* 시집 『상응』(서정시학, 2011)에 수록된 걸 다시 고치다.

패랭이꽃

민초民草에다 석죽石竹의 모양이지만, 남천축南天竺의 이방성異方性도 갖는다.* 다만 햇빛 자리 비탈에 되레 동남아쯤에서 갓 시집온 새댁같이 피어서, 낯선 바람의 실오라기도 조심스레 당겨선 바늘귀에 꿴다.

* 패랭이꽃을 석죽화石竹花 또는 남천축초南天竺草라고도 한다.

통영

거리는 바람의 비탈, 바다로
흘러내린 빗물 길이다.

*

저녁때 붉은 물결에 쓸려 갔다는

김춘수의 소식.

아침 녘에 조개껍질처럼 바다를 게워내며
모래 위에 희게 밀려 나와 있다.

*

밤새 모래에 새긴 미래의 기억들조차
밀물의 질문인 양 붐비었다.

푸른색
—중식*에게

사람들 붐벼서 틈 많은 그 안이 숨을 데다.
숨 쉬는, 서로 부르는 소리의 메아리들로
꽃다발 안은 이가 내다본다.

젖은 어깨들의 빛과
마른 팔다리들의 그늘
얽히며 부대끼며
함께 민감하게 쓸리며

우거진다.

단단한 하늘 헤집어서
무른 땅 위에 건립하는
굳센 기둥들의 총림叢林 속으로

푸르게 붐비는
환한 어스름.

* 화가 박중식.

낙화에 대하여

꽃이 진다.
진다는 말이 싫어도,
떨어지는 게 지는 게 아니라 해도
이기면 지는 수라서
마침내 진다.

때가 됐으니 그렇지.

이기는 것으로 끝내 지는 게 아니어서
스스로 사랑을 짓이기는 것이다.

그래 때가 되면
또 꽃이 핀다.
마침내 이겨서 피는 말로
그 말의 환함으로
내게로도 흔쾌히 지는 것이다.

손

손목이 오그라든다.
또 쥐를 잡는다.
털북숭이의 어둠이 물컹하다.

널 놓치지 않으려고
먼저 내 손을 놓는 때가 있었다,
낮에 제 무섬증으로 갈대밭 뛰쳐나오는 고라니같이.

그렇게 내 손목이 접힌 것일까?

폭포가 되기 직전에
마구 속이 들끓는 물같이
날 놓치려고
먼저 네 손을 잡기도 했다.

그렇게 내 손목이 접힌 것일까?

이제, 내 옆에 잡을 손이 없다는 느낌의 맑은 창.
또는 네가 멀리서도 겨우 손짓으로 있다는 느낌의

창틀.

……너의 손목은 자주 안으로 시리지 않은가?

여뀌꽃

여뀌꽃 피면 송이 철.

동네 어른들 모두 버섯 캐러
해 안 드는 산에 갔다.

아이들만 남아
동네 해 지킨다.

여뀌꽃 개울에
백로는 햇빛에 바랜 채
뭘 지키나?

봄

편지를 받고 싶은데 꽃만 핀다. 봄은 참 불친절한 대답이다. 그런 봄을 분리수거도 않고 쓰레기통에 내다 버린다. 졸음 많은 고양이가 그걸 꿈속인 양 뒤진다. 미처 부치지 못한 채 버린 편지들이 바람에 조각조각 펄럭인다. 나는 들킬까 봐 여름으로 빨리 도망해서 파쇄한 봄 관계 문서들을 더 소각해 쓰레기통에 버린다. 결국 이 세상의 중심에는 쓰레기통 아가리만 끝까지 남지. 그 아가리는 봄의 뒤끝을 떠올리며 제멋대로 지껄여댄다니까. 그렇게 두루 총살감을 만든다니까.

마애란磨崖蘭

그 꽃, 산길 소나무 뿌리맡에 잎도 없이 솟아 있었지.

뜻밖,이었지.

바람 안으로 모으며
연자줏빛 또릿하게 흔들고 있었지.

줄기를 당겨보다가 가만두었지.
작은 힘에도 쉬 떨어져버릴 것 같아서.

내 맘에만 사진 찍어두었지.
— 그런 인화印畫도 마애가 될까?

다음 해에 그곳에 가니 그 꽃은 올라오지 않았지.
그다음 해에 그곳에 가니 그 꽃은 올라오지 않았지.
그걸 새겨둔 내 맘의 돌은 이지러지고 삭아 내렸지.

그 소나무 뿌리맡을 파보면 그 꽃의 뿌리라도 나올까?
그새 소나무 뿌리는 더 굵어졌지.

어떤 꽃이 날 향해 피어 있기나 했던가?
더 꽃필 나의 뜻밖,은 또 어디일까?

꽃 하나 혼자 보았던 일을 자꾸 의심하는 남자가
돌아다보이지만.

직지사

탑 나뭇가지 끝에서 풍경으로 댕강거리다 달이 사윈 채 져버리자 나의 비애는 사뭇 소곳해지다. 바람이 전각도 답노 부도도 일주문도 천왕문도 들추어선 내다 말리다. 나도 속 다 내놓은 채 찬물같이 수런대다. 가을 치장으로 나무들이 밤새 옷 갈아입느라 온 산이 항라 스치는 소린데, 새벽녘 개울이 경經 조잘대며 절 감돌아 뭇 소리 씻어 내리고 나서야 늙은 나의 뜰에도 아린 단풍 물이 들다.

정취암

원통보전에 거주하는,
네모난 얼굴에 눈 길고, 입술 도톰하니 눈부신
절벽이여.

그 벼랑 위에서 고라니처럼 울던 이는
이미 바위와 바위와 바위를 넘어가서
어느 세상 간間에 정을 섞어버렸나.

그리움은 구름 속 소나무같이 또 나를 벼랑 위에 세우
느니

마음은 더
까마득
우레의 꽃 같네.

이별이 있고 나서 무성해졌다

안녕, 나의 꽃들! 하며
이별 연宴을 치른 나무들은
꽃 진 허전함을 잎으로 채운다.

그 푸르스름한 감정들은
곧장 여름으로 치달아 비로소
한결 차분해진다.

네 가고 난 뒤
우리를 기념하는 나무들.
올해도 그렇게 슬픈 꽃 이별 잔치 후에야
더 그늘이 무성해졌다.
새잎들로 한결, 속이 빽빽해졌다.
그 그늘에 쉬던 나의 짐승들도 떠났다.

꽃 있었던 자리들이
불에 덴 상처 같은데
—너는 어디서 아무렇게 기억들을 지피느냐?
그렇게 여무는 상처의 속을 자궁에 숨기고
아린 태몽으로 무성해진 건 아니냐?

입원 중

멀리 휘돌아 가는 강의 허리가 희다.
나는 나아갈 길을 잃어버려서
검은 배처럼 강가에 마음을 댄다.

강 이쪽 언덕 노란 나무 아래
열매 줍는 사람들이 흩어졌다간 서로 부르곤 한다.
그들에겐 그 열매들 싹 틔울 시간이 있으리라.

더 가까이는 오늘 저녁의 칸나가 붉다.
꽃밭 너머 제 어둠 안을 지핀 채
누가 환히 탄다.

퇴원하고 싶다.
그러면 곧장 병원 앞 큰길을 건너가서
강으로 가는 칸나빛 버스를 타리라.

버스는 사뭇, 강물처럼 흔들리리라.
내 삶의 멀미가 새삼 환하리라.

5부

뒤늦은 처음

아무튼, 반신반의의
밝은 응시가

왔다.
눈 동그랗게 뜬 이에게
처음 나는 그윽하게 들킨다. 그런 음지陰地가
온 것이다—처음엔 서로 불을 끄고
바라보았지.

젖은 몸 파닥이며 나의 산딸나무에서 지저귀는 후투티의
그런 이명이 왔다.

새의 속은 파랗고 희며 까만데,
그 안의 파도 속으로
분홍색 말의 덩어리가 도돌도돌하니 만져진다.

서로 비의 우레로 눈의 샛바람으로
마르고 젖는다. 그런 이상기후가
왔다.

사랑이란 내겐 너무 늦은 시각이지만
더 처음의 발음이라서
그것에 대해 자꾸만 내 것이란 확인을 한다.

그래, 너는, 내게 마지막으로 온
처음의 젖은 흙이라네.
캄캄한 뜨거운 네 속에서 나를 응시하며
산딸나무 뿌리 일군다.

서울, 더 그레이

서로 마음 갈피에 피운 게
붉은 장미의 구석이다.

닫은 봄밤의 순례.

사랑이여,
우린 서로 구겨진 걸 펴주며
더 구겨진 아우성을 가진다.

겹쳐진 곳 또 겹치고
서로 조금씩 어두워진다 해도
네가 파고든 곳 나도 따라 파고들고
눈 감다 뜨고
잠자는 너를 바라보았지.

어슴푸레한 결핍의 길목에서
맹목으로 포개어진 아침의 응시.

어둠 펴려
젖은 장미는 햇살 쪽으로 고개 돌린다.

산딸나무 일기

시작

읍성 북편 연못의 시선에
가지 뻗는 산딸나무 그늘이

사로잡혀

어둠을 처음으로 깊이 마시다.

거울 안
후투티가 헤집은 산딸나무 기척과 더불어
나누는 첫 키스.

푸덕대는 날갯짓.

산딸나무 잔가지들 나투는 새의 노래 안으로
나는 또 끊어낸 손을 얹고……

검은 웅덩이 서로 그렇게 끓어 넘치다.

불국사

불국사 아래, 냇물의 거울 속.

산딸나무 위로 후투티 머리가 까맣게 하늘에 닿다.

산딸나무 아래로 후투티 머리가 하늘에

새하얗게 더 닿다. 이윽고 눈 감은 채 보는

폭설.

불안/중독

후투티 날갯짓이 불안하다.

후투티 발가락 물고 있는 산딸나무 불안.

그 가지 끝에서 꽃은 핀다.

들키고 싶다는 중독이네.
꽃나무 위 달뜬 욕망.

빛난다.

후투티는 이제 집이 없어도 돌아갈 곳이 있고
불어오는 바람 없어도 흔들리는데

산딸나무는 수시로 파도치는,
후투티 꽁무니의 그네를 탄다.

이제야 알겠네, 후투티는
산딸나무를 사랑하고 있다는 걸.

초록이 되다

소나무 물푸레나무 참나무 서어나무 우거진
숲, 자세히 들여다보면
나무들의 초록마다 달라서
우리 서로 헤적여져도
제대로 숨겨진다.

겹겹 쌓이는 바람.

산딸나무 후투티 감싸는 자리도 절로 숨겨져
바람과 같이 너와 나는 훌러덩 옷을 벗는다.
이렇게 쉬운걸.

목청껏 노래 부르는 후투티의 여음은
산딸나무 뿌리 적시는 폭우.
문득 올려다보는 솔방울 총총 달린 하늘 속
구름이 그리는 그림도
사랑의 다른 색깔을 지펴내는 거겠지.

들리지 않는 쌓이는 시선들의 리듬으로
모든 건 이렇듯 바람에 되피고,

숲은 저희들끼리 힘 모아 가둔
동그란 하늘 떠받드는데, 그 높은 시선 아래
산딸나무 후투티 감싸는 숲 자리.
둥글게 만 몸 폈다 접었다, 우리는
오래 초록으로 물들어 있다.

부재

그제 함께 지나왔던 느릅나무 그늘이 지금 살아 있다.
그래서 나무 주변은 다 무성한 안팎이다.

부재는 왜 그렇게 존재하나?

청도 읍성 북편 연못의 응시.

수련 시절에 왜 네가
더 피어서 나를 내다보니?

그제 굽었던 길은 수련처럼 곧추 고개 쳐들고
어디를 향해 피어나고 있는가.
허공에 길을 내어
나는 너를 보는 나를
보지 않는다.

산딸나무 그늘이 후투티의 없는 얼굴 위로 드리워진다.
그러면 그 아래의 키스가 없다.
사랑은 우리는 희망은…… 어디를 보나.

너의 부재조차 더 응시하는
나의 실재의 눈이여.

폰

내던져진 채 노출된
광채의 시선 안에서 산딸나무 수런댄다.

후투티가 오지 않을 오늘의 머언 날씨.
구름 덮인
벤치 위에 놓아둔 스마트폰이 까맣다.

누가 나를 보고 있는 나를 보는가?
나는 자꾸 쪼그라든다.
그때 더 어두워져 같이 사라진 숲에서
폰 울리는 소리 듣는다.

상처는 내버려진 시간 속 공간의 응시일까?

다만 뒤돌아보는 눈.
다시는 내게 열락이 오지 않기를
나는 겨우 더 내다본다.

낯선, 시

사랑은 시로 할 수밖에 없는 것.

시의 말로 약속 잡고
결국 더 시선을 건드리지.

그런 음지陰地지. 사랑은
시간의 공간이어서
잔 이별마저 시로 돌아보는 거야.

너는 내게 눈웃음 짓는다,
나무 의자 수리하는 시인같이.
그런 시는 도대체 무슨 눈길일까?

퇴고할 수 없는, 그래,
나를 응시하는 너 말고 이 세상에
누가 더 낯선 시인가?

시선의 기척

네가 보는 백일홍을 보는 나.
아니, 내가 보는 널 네가 보지 못하는 걸 내가 본다.
저기 붉게 흔들리는 그늘이 우리 마음의 다초점이다.

그보다는 사방에 널린 시시티브이들을 더 의식한다.
그것들이 나를, 우리를 본다. 기척도 없이,
그 쌓이는 응시들 속에서 우리의 시선은 무지하다.

그러니까 우리는 서로 비껴 보는데
늘 들키고 있는 것이다.

우리는 자리를 옮긴다. 떨어지면
서로 밝은 백일홍에만 시선의 초점을 맞춘다.

들킬 수 없는 둘만의 시선을 어디든 새겨놓고 싶어서
라면
아무도 못 보는 곳에서 서로 보고 싶겠지.
그런 공간이 남아 있기나 할까?

우리는 자꾸 자리를 옮기며 힐끗거린다.
결국 어둠 속에 들어서야 서로 눈이 환해진다.
그러나 다 어림없는 도망일 뿐,
어둠 더듬는 시선의 촉수가 내 발목을 잡는다.

수니

1

수니에게 날아간다. 나비로
공구工具로 풍선으로
풍선에 불을 지펴 우주선으로 날아간다.
나는 마구 씨앗을 수니에게 뿌린다.
수니가 활짝 피어난다.
보이는 꽃의 모양과 빛깔로 본다.

2

여기가 끝인가 하고 막다른 길에 들어서면
다시 보고 싶다. 그 시작인
수니를 통해 세계가 있다.
나의 세계라 말하니
손톱 달이 대낮을 그으며 나를 응시한다.

해설

응시의 풍경과 음지陰地의 시학

김문주
(문학평론가)

1.

1980년 발간된 이하석의 첫 시집 『투명한 속』(문학과 지성사)은 당대 시단에서는 매우 이례적이었다. 역사적 상상력이 다양한 양상으로 발화하던 시기에 그가 보여준 사물 형상들은 우리의 삶을 부조하는 생활 세계의 변화를 꽤 이른 시기에 간파한 것이었다. 김현이 '광물질의 상상력'으로 명명한 그의 시의 새로움은 비단 시적 형상의 소재만이 아니라 이를 드러내는 방법의 이질성에서 기인한 것이었다. 기후 위기가 전면화된 오늘에 이르러서는 익숙해진 생태적 사유가 1970년대 후반 이하석의 시에서는 사물들의 형상을 통해 다양하게 펼쳐진 바 있고 이는 그의 시를 민감한 시대적 징후라는 관점에서 평가하는 사후적 근거가 되었지만, 그의 시의 사물 형상들은 단순히 그러한 시적 메시지만으로 환원할 수 없는 어떤 감각, 방법적 태도가 내장된 세계였다.

> 블루 콤마의 주인도 내다보는 자에 속하지만, 자주 카페 밖으로 나가 강변 풍경이 되어서 담배를 피운다. 크게 숨을 들이쉬고 내쉬는데, 그럴 때마다 연기가 급히 그의 몸을 부풀리다가 위축시킨다. 제 생을 제대로 왜곡시킬 줄 아는 것 같다. 나도 카페의 손님들도 그 모습을 멍하니 내다본다. 하지만 결국, 서로 빤히 들여다보이는 느낌이다. 가끔 눈이 마주치면 서로 울컥해진다.
>
> *
>
> 그보다 블루 콤마에서는 어쨌든, 강을 외면할 수 없게 되어 있다. 그러니 늘 잘 내다보지만, 그때마다 쇠백로가 제 발 담근 물속에서 물고기들을 부리로 꼭, 꼭, 집어내는 게 푸르게 보인다. 언제나 밖으로만 있는 쇠백로에게는 그게 가장 큰일이라고 우리에게 보여주는 듯하다.
>
> —「블루 콤마」 부분

이번 시집도 여전히 적잖은 시편들에서 문명 비판적

사유가 발견되고 그러한 점에서 이하석의 시를 가로지르는 시 의식을 확인할 수 있지만, 그의 시에서 의식은 세계를 수렴하는 주관적 그물로서 작용하기보다 사물들을 현시顯示하는 감각으로서 실현된다. 1990년대 중반 이후에야 비로소 본격화된 한국 시단의 생태적 상상력이 주로 자연물과 서정성을 결합한 양상으로 전개되고 그것도 한때의 유행으로 오래지 않아 소멸하였던 데 반해, 이하석의 시에서는 그것이 훨씬 이른 시기에 등장하여 집요하고 다양한 형상으로 지속되고 있는 이유 역시 그러한 사유와 상상력이 단순히 의식의 소산이라기보다 사물 세계를 향한 감각이나 태도에서 연유했기 때문으로 보인다.

이하석의 시에서 주체는 세계를 가만히 응시하는 자이다. 그의 보는 행위는 주체의 정념이 일방적으로 투사되는 방식이 아닌 사물의 물질성을 감각하고 사물 세계 속에서 자기 존재를 인식하는 과정에 가깝다. 강변 카페인 '블루 콤마'에서 유리창 안쪽에 앉아 있는 사람들은 "내다보는 자"이자 전망을 "받아들이는" 자들이다. 이 유리창을 통해 강의 사물들은 "어쨌든" "외면할 수 없게 되어 있"고 "제 발 담근 물속에서 물고기들을 부리로 꼭, 꼭, 집어내는" 쇠백로의 풍경은 "푸르게 보인다". 흥미로운 대목은 유리창 안쪽의 사람들, '블루 콤마'의 주인까지 "강변 풍경이 되어" 전망된다는 점이다. 시를 구성하는 존재들이 모두 보는 주체이자 대상으로 세계에 참여하고 있는 것이다. 여기에서 보는 주체가 보이는 대상으로 옮겨 앉는 풍경, "블루 콤마의 주인"이 담배를 피우며 숨을 쉬는 모습은 "연기가 급히 그의 몸을 부풀리다가 위축시킨다"로 그려진다. 숨을 "들이쉬고 내쉬는" 흡연 장면이 '연기'가 주체가 된 풍경으로 바뀌어 있다. 인간 중심의 위계적 감수성이 사물의 시각에 자신을 내어줌으로써 시의 존재들은 동등한 지분을 가진 자들로서 풍경의 세계에 평등하게 참여하고 있는 것이다. 그런 점에서 '블루 콤마'의 "외면할 수 없"는 전망인 쇠백로의 정경은 '우리들'이 보고 사유한 것이라기보다 전망의 대상인 '쇠백로'가 "보여주는 듯"한 세계로 인식되고 있다. 시는 강의 전망을 구성하고 있는 자연물을 단순히 인간 존재의 감각, 혹은 정념의 대상으로서 감수하지 않고 세계 내의 동등한 존재들로서 평면화한다. 이는 보는 주체와 보이는 대상 사이의 일방적 관계를 해체함으로써 "나도 카페의 손님들도 그 모습을 멍하니 내다"보거나 심지어 "내다보는 내가 도리어 들여다보이는 느낌"을 갖게 하는 이유인 것이다.

이하석의 시적 풍경에서 사물들은 자신의 삶을 현시함으로써 인간 중심의 현실을 비판적으로 사유하게 하지만, 그 사물들 그리고 풍경의 일부로서 참여한 '나'까지 포함한 시 세계는 훨씬 더 큰 의미의 잉여를 품고 있기 마련이어서 그의 시는 단순히 문명 비판적 사유나 생태적 상상력으로 국한할 수 없는 폭과 깊이를 지니고 있는 것이다.

> 개는 가로등 불빛을 뒤집어썼다.
> 밤의 그림자를 세우듯.
>
> 개는 어둠을 향해 으르렁댄다.
>
> 개는 기어이 쓰레기 분리수거장조차 뒤진다.
> 이 동네가 버린 어둠들이 그렇게 발각된다.
>
> 나는 피투성이로 웅크린다.
> 나는 어둠에서도 드러나 찢어발겨지리라.
>
> 숨어 있는 나를,
> 개는 비릿한 어둠인 양 노려본다.
>
> 나는 개의 목줄이 이미 풀려 있다는 것도 알고 있다.
>
> —「개」 전문

깊은 밤, 목줄이 풀린 개의 모습을 형상화한 시에서 '개'와 '나'는 마치 대치하는 존재처럼 그려져 있다. "밤의 그림자를 세우듯" "가로등 불빛을 뒤집어"쓰고 "어둠을 향해 으르렁"대는 개는 어둠 속에서 활동하는 자이자 인간 "동네가 버린 어둠"을 파헤치는 존재이다. 반면 '나'는 '어둠' 속에 은폐된 자이면서 '개'에게 "찢어발겨"질 것을 두려워하는 존재로서, "동네가 버린 어둠"(그 어둠에 속하는 '쓰레기')에 겹쳐져 형상화됨으로써 '나'의 공포는 존재론적인 것이면서 동시에 어둠의 진실을 인식하는 자의 자기반성적 성격을 띠고 있다. 그러한 점에서 "개의 목줄이 이미 풀려 있다는" 결미의 언술은 공포의 내면을 암시함과 더불어 목전에 당도한 두려운 현실에의 인식을 드러낸다.

이하석의 시에서 '나'는 '보는' 자로서 시적 풍경에 참여하지만 세계를 감수하는 자의 주도권을 내려놓고 사물세계의 일원으로서, 그러나 자신의 내면을 개진하는 의식으로서 풍경의 일부를 구성한다. 그리하여 그의 시는 응시하는 사물들의 세계와 이를 인식하는 주체의 의식이 서로 장력을 이루는 율동律動하는 세계가 되는 것이다.

2.

『기억의 미래』에서 빈번하게 등장하는 어휘 중 하나는 '보다'라는 용언으로, 그의 시는 응시의 소산으로서의 사물 세계를 펼쳐 보인다. 그 세계는 대체로 동적인 성격을 띠고 있는데 이는 시인이 바라보는 사물들에 속한 것이라기보다 사물들의 관계를 바라보는 시선에서 기인한다. 그의 시들이 많은 동사를 포함하여 수많은 용언으로 흘러넘치는 것은 이와 관련된다.

밤이 낮은 소리들로만 정밀하게 얽혀 짜입니다.

쌓아놓은 도서관의 책들에서
말들이 부식되어 뭇 시간들에 녹아들 듯
오래 펼쳐져 펄럭이는 늪은 새로 말문을 틉니다.

내가 부르는 소리들은 동심형으로 늪을 확장하지만,
매번 수면과 가시연잎의 틈이 더 조밀해집니다.

그 틈새로 당신이 가려 하면
오르막인 계단은 어느 틈에 어둠 속으로 더 내려가고
그 계단 위에서 과묵한 고통이 다른 낮은 길을 낼 것입니다.
벌써 그 틈새로 부대끼는 바람의 낌새가 있습니다.

물거울에 비친 별들을 제 것으로 덮는 마름과
생이가래, 개구리밥의 묵시默視들이 희붐하게 일렁입니다.

그 시선들 아래, 더 아래

무수한 것들이 서로 간間을 조밀하게 붙드는
검고, 흰, 낯선,
소리의 반짝임들 속에서

그 수런대는 고요 속에서, 도리어,
내 숨비소리가 더, 빈속의 꽉 찬 부름으로 끓어오릅니다.

—「우포늪」 전문

밤의 우포늪을 소재로 한 이 시의 풍경은 늪의 수중에서 일어나는 형상으로 실제의 풍경은 아니다. 시에서 밤은 사물들이 말문을 트고 길을 내며 "희붐하게 일렁"이는 세계이다. 그래서 밤의 늪은 이 무수한 움직임으로 인해 "낮은 소리들로만 정밀하게 얽혀 짜"인 "수런대는 고요"의 생명 세계가 된다. 이 늪의 식물들을 움직이게 하는 것은 '틈'이다. 이 틈의 사이, 즉 틈새를 통해 생명들은 길을 내고 내려가며 일렁인다. 틈은 사물들을 수런대고 부대끼도록 "바람의 낌새"를 제공하는 공간이지만, 한편으로는 그러한 활동들의 목표이기도 하다. 무수한 것들의 저 "수런대는 고요 속에"는 '서로의 간間'을 조밀하게 만들고자 하는 바람이 내장되어 있다.

이번 시집에 수록된 자연 생명체들의 활력은 이 틈에 대한 상상력이 밀어 올린 힘으로써 "틈만 나면,/찻길과 인도의 감전感電으로 피워낸/제비꽃들이 바람에 왁자지껄하"(「틈만 나면」)고, 나비는 "폭풍을 뚫"(「가비야운, 나비」)고 광대한 바다를 넘어 비상하고자 하는 것이리라. 반면 반생명적인 현실은 "최소 2m 거리를 유지해"(「최소 2m 거리를 유지해주세요」) 타자를 향해 "손도 대지 못하"(「마스크」)게 하며, 선을 그어 어떤 이름들을 '목숨의 바깥'(「호명1」)으로 내모는 폭력의 세계이다. 이하석의 시에서 틈과 사이[間] 혹은 빈 곳은, 반목과 갈등을 넘어 생명을 향한 환대의 바람길을 내고자 하는 시인의 상상력이 수런대는 상징 공간으로, 하여 그 상상력이 만들어내는 그의 언어들은 가히 "빈속의 꽉 찬 부름으로 끓어오"르는 '숨비소리'라 할 것이다.

> 산을 걸어서 넘어간다는 건 지평의 논리를 버리는 일이다. 무엇보다 지팡이를 제대로 다듬는 일부터 시작된다. 그리고 소나무 뿌리처럼 드러내놓고 얽힌 바람길을 부는 일이다.

*

산을 경계로 나뉜 동네들이 서로 당겨서 산길들이 팽팽

해지는 건 당연하다. 그런 길은 오래 풀이되고 꼬이면서
호젓이 맺히는 설화 같다. 산길을 걸어서 넘어가면 그렇게
너를 여는 내가 있게 된다.

—「산 넘어가기의 성찰」 전문

'틈'이 사물들의 활력을 부르는 공간이라면, '경계'는 이동을 가로막는 통제의 상징이다. 이하석의 시에서 틈과 사이가 사물들의 세계와 연관된 것이라면, 선과 경계는 인간의 현실 세계와 관련된다. 경계는 이것과 저것을 구분하는 상징으로 인간 세계의 적잖은 일들이 경계 짓는 일에 속한다. 앞의 시에서 산은 동네들을 나누는 경계로서 시인은 산길에서 산을 넘어가는 일과 산길의 의미에 관해 성찰한다. "산을 경계로 나뉜 동네들"은 풍속이나 문화가 다를 터여서 그 사이에 가로놓인 산길이 "팽팽"한 장력 속에 있는 것은 당연한 일이다. 그래서 "산을 걸어서 넘어간다는 건" 평지와 직로를 이동하는 일과 달리 적잖은 준비와 노력 그리고 많은 시간이 필요한 일이며, "오래 풀이되고 꼬이면서 호젓이 맺히는 설화 같"은 "그런 길"의 형상은 분리된 두 세계에 길을 만드는 일의 고통과 수난(의 시간)을 공간화한 표상이라고 할 수 있다. 시인은 "산을 경계로 나뉜 동네들"을 잇는 길 만드는 작업을 "소나무 뿌리처럼 드러내놓고 얽힌 바람길을 부는 일"이라고 적고 있다. 이 시가 그리고 있는

산길의 형상에는 『천둥의 뿌리』(한티재, 2016)에 이어 이번 시집 3부에 집중적으로 그려진 한국 현대사 비극의 역사적 풍경이 어른거린다. 그런 점에서 '산 넘어가기'의 사유에는 역사적 상처에 대한 치유의 상상력이 내장된 것으로 보인다.

> 숟가락들은
> 떠먹을 기억들로 디자인되어
> 오목하게 들어간 채
> 목이 구부러져 있다.
>
> 그냥 놓여 있으면
> 그 안에 허공이 담기는 구조다.
>
> [……]
>
> 처형 앞두고 마지막 주먹밥 받던 손은
> 어떤 숟가락으로 그 목이 구부러졌던가?
>
> 그래, 한 순갈의 포만과 배고픔이
> 우주의 체중을 거들기도 한다.
>
> 그래서,

환자에게 한 숟갈이라도 더 떠먹이는
저 간호사의 분노와 연민으로
디자인되는 것이기도 하다.

—「숟가락」 부분

'숟가락'은 "그냥 놓여 있으면/그 안에 허공이 담기는 구조"로서 "포만과 배고픔"을 연상시키는 사물이다. 그것은 마치 틈이나 사이처럼 상상력을 활동하게 하는 유동적 형상으로 시인은 여기에서 존재들의 우주적 허기와 포만을 본다. 상반된 생명 상태를 환기하는 '숟가락'은 시인의 역사적 상상력을 발동하게 하여 "처형 앞두고 마지막 주먹밥 받던 손", 그 "떠먹을 기억들"을 끊어낸 반생명적인 폭력의 역사, 그리고 그 역사적 상처를 숨겨왔던 남겨진 사람들의 비극적 슬픔을 떠올리게 한다. "목숨이 걸린 일이어서,/그들의 목구멍 안에" "제 이름을 숨"(「호명 1」)겨왔던 오랜 상처의 역사가 이번 시집 곳곳에 아로새겨진 위무의 형상을 불러왔을 터이다. "저녁 일곱 시의 대나무와 소나무, 아카시아 숲의" 일렁임에서 "어슴푸레한 흐느낌"을 읽어내고 "범종 소리의" 파문에서 "개펄의 역사"를 듣는 시인의 작업이란 우주적 허기를 향한 "갸르릉"(「파문」)댐의 일환이라 할 수 있다.

3.

『기억의 미래』의 5부는 노년의 시인에게 찾아온 그윽한 발견과 환희의 정념이 풍경의 서사로 형상화되어 있다. 이 시편들에는 이제까지 이하석의 시들이 보여준 절제-장력의 미학과는 다소 상이한 언어들이 출현하는데, 이는 작품의 배경을 이루는 주체의 내면을 반영한 표현이라고 할 수 있다. 5부에 수록된 시편들은 각각 독립된 것이면서도 의미적으로 상호 관련되어 있어 서로를 비춰주는 역할을 한다. 이들 작품은 최근 이하석 시의 삶, 시인이 천착하고 있는 시 의식의 전체상뿐만 아니라 그것의 세부를 살필 수 있는 내용들을 형상하고 있고, 미루어 짐작건대 그 안에 담긴 시적 사유가 여전히 진화 중인 현재진행형의 것들이어서 아마도 시인의 이후 시세계를 예고하는 내용으로도 읽힌다.

아무튼, 반신반의의
밝은 응시가

왔다.
눈 동그랗게 뜬 이에게
처음 나는 그윽하게 들킨다. 그런 음지陰地가
온 것이다—처음엔 서로 불을 끄고

바라보았지.

젖은 몸 파닥이며 나의 산딸나무에서 지저귀는 후투티의
그런 이명이 왔다.

새의 속은 파랗고 희며 까만데,
그 안의 파도 속으로
분홍색 말의 덩어리가 도돌도돌하니 만져진다.

서로 비의 우레로 눈의 샛바람으로
마르고 젖는다. 그런 이상기후가
왔다.

사랑이란 내겐 너무 늦은 시각이지만
더 처음의 발음이라서
그것에 대해 자꾸만 내 것이란 확인을 한다.

그래, 너는, 내게 마지막으로 온
처음의 젖은 흙이라네.
캄캄한 뜨거운 네 속에서 나를 응시하며
산딸나무 뿌리 일군다.

—「뒤늦은 처음」 전문

거듭 반복되고 있는 용언 "왔다"를 통해 시는 시적 주체에게 '뒤늦게' 당도한 어떤 것의 각별함, 그것이 '뒤늦게 온 처음'의 경험임을 강조한다. 용언 '오다'의 주어는 "밝은 응시"이고 "그런 음지陰地"이며 "그런 이명"이자 "그런 이상기후"이다. 그것들은 모두 특정한 상황을 지칭하는 비유로서, 이를테면 '사랑'에 가까운 상태라고 할 수 있을 것이다. "내겐 너무 늦은 시각이지만/더 처음의 발음"이라는 이 특별한 경험이 '너'와 '나'의 관계 속에서 펼쳐지고 있는데, 이를 '사랑'이라고 호명하자면 그것이 우리가 알고 있는 사랑의 상태와 다른 점은 "눈 동그랗게 뜬 이"이자 "처음의 젖은 흙"인 '너' 속에서 "나를 응시하며" 이 아름다운 상황이 진행되고 있다는 사실이다. 다시 말해 이 싱그러운 상황은 '나'를 잊고 '너'에게 몰입되는 맹목의 사랑이 아니라 "캄캄한 뜨거운 네 속에서 나를 응시하며" '일구는' 사랑이며, 여기에서 '너'는 '나'를 보게 하는 존재라는 점이다. 그러한 점에서 5부의 시편들이 그리고 있는 "밝은 응시"와 "지저귀는 후투티의" 이명 같은 상황은 사랑의 관계론이자 존재론이며, 생에 대한 그윽한 성찰인 것이다. 시집에서 가장 긴 분량의 시 「산딸나무 일기」는 이 그윽한 사유를 '나'의 내면과 더불어 '산딸나무'와 '후투티'의 관계의 풍경으로 형상화하고 있다. 어찌 보면 『기억의 미래』 5부의 시편들은 이러한 사랑의 관계와 존재의 성찰론을 '햇-말'인 "분홍색 말의 덩어리"로 받아내고 있는 셈이다.

사랑은 시로 할 수밖에 없는 것.

시의 말로 약속 잡고
결국 더 시선을 건드리지.

그런 음지陰地지. 사랑은
시간의 공간이어서
잔 이별마저 시로 돌아보는 거야.

너는 내게 눈웃음 짓는다,
나무 의자 수리하는 시인같이.
그런 시는 도대체 무슨 눈길일까?

퇴고할 수 없는, 그래,
나를 응시하는 너 말고 이 세상에
누가 더 낯선 시인가?

—「낯선, 시」 전문

'사랑'이 "그런 음지陰地"라는 건 사랑이란 '이별'같은 아픔과 상처의 시간을 돌아보고 응시하는 행위이기 때문일 것이다. 환희는 순간적이고 흩어지는 것이지만 고통은 스며들고 쌓여서 깊어진다. 사랑이 '음지'이자 "시간의 공간"이라는 말은 스며들고 쌓인 슬픔과 상처, 우리 존재에 주름처럼 새겨진 시간의 흔적들을 "돌아보"고 응시하는 행위야말로 사랑이라는 의미일 것이다. 이는 우리의 눈가와 입가에 새겨진 다사다난한 생의 기록, 그 형상이 내포하는 괴로움과 고통의 시간을 읽어가게 된다는 얼굴의 윤리, 나아가 그 얼굴에 포로가 될 수밖에 없는 레비나스의 타자의 윤리학을 떠올리게 한다. 사랑이 "그런 음지"라는 말은, 그것이 아픔과 상처의 시간에 눈길을 주는 행위라는 뜻일 테고, 그래서 "네가 파고든 곳 나도 따라 파고들고" "서로 구겨진 걸 펴주며/더 구겨진 아우성을 가"지는 과정, "겹쳐진 곳 또 겹치고/서로 조금씩 어두워"(「서울, 더 그레이」)지는 일은 사랑의 핵심적인 표상이 되는 것이다. 여기에서 시인은 이 행위, '너'의 "겹쳐진 곳"에 함께 겹쳐지고 "네가 파고든 곳"을 "따라 파고"드는 일, 그것이야말로 결국 시 쓰기의 본질임을 "사랑은 시로 할 수밖에 없"다는 언술에 천명하고 있는 것이다. 시 쓰기는 시선을 더 "건드리"는 일이고, 시인은 대상 현실을 응시하는, 눈길을 건네는 자이다. 한국 현대사의 비극의 원천이 되었던 해방 공간과 한국전쟁기, 그 시기 지역에서 일어난 국가 폭력의 역사를 형상화한 『천둥의 뿌리』 그리고 이번 시집의 3부에 수록된 작품들은 공동체의 얼굴, 그 주름의 역사, 그 음지에 겹쳐진 그 고통과 상처를 응시하고 그것에 스며들어 시의 몸을 겹치는 일이라고 할 수 있다.

*

이번 시집은 시력詩歷 50여 년을 넘어선 시인이 맞고 있는 "반신반의의/밝은 응시"와 "그윽하게 들킴"의 "그런 음지", 그리고 "젖은 몸 파닥이며" "지저귀는 후투티의/그런 이명"과 "서로 비의 우레로 눈의 샛바람으로/마르고 젖는" "그런 이상기후"의 본격적인 분화를 예고하는 듯 보인다. 반백 년의 시력을 쌓으며 시적 장력을 이어온 노시인이 환대하는 저 아름다운 '응시'와 '이명' 그리고 '이상기후'는 이전의 시적 경향과는 다소 결이 다른 '낯선' 것인 데다 다양한 현실을 담은 풍요로운 성찬이어서 『기억의 미래』 이후에 도래할 또 다른 시적 진경을 기대하게 한다. 차별과 혐오가 창궐하고 있는 작금의 반생명적인 현실에서 이 노시인에게 찾아온 '뒤늦은 사랑'이 열어 보일 시적 풍경은 한국 시단에 매우 경이로운 축복이 될 것임을 우리는 전혀 의심하지 않는다. ▨